AF454755

IMPRIMERIE J. CLAYE
RUE SAINT-BENOIT 7
PARIS

CATALOGUE

DES

MARBRES

ET

TERRES CUITES

OEUVRES DE

CARRIER-BELLEUSE

DONT LA VENTE AURA LIEU

HOTEL DROUOT, SALLE N° 8

Le Jeudi 4 Juin 1874

A TROIS HEURES

COMMISSAIRE-PRISEUR	EXPERT
Mᵉ CHARLES OUDART	M. ÉMILE BARRE
31, rue Le Peletier	20, Chaussée-d'Antin

Chez lesquels se trouve le présent Catalogue

EXPOSITIONS

PARTICULIÈRE	PUBLIQUE
Le Mardi 2 Juin 1874	Le Mercredi 3 Juin 1874

DE 1 HEURE 1/2 A 5 HEURES 1/2

AVIS

Le Catalogue servira de Carte d'entrée pour l'Exposition particulière

CONDITIONS DE LA VENTE

Elle sera faite au comptant.

Les acquéreurs payeront *cinq centimes par franc,* en sus des enchères, applicables aux frais.

A

M. CARRIER-BELLEUSE

Qu'est-ce que j'apprends, mon cher ami? Vous ne m'aviez pas dit cela.

Encore une vente! Vous allez encore une fois envahir l'hôtel Drouot, et donner de la besogne à la corporation des commissaires-priseurs!

Alors donc, c'est bien décidé? C'est une coutume que vous prenez? c'est un principe que vous appliquez résolument et systématiquement? Vous prétendez désormais faire vos affaires vous-même, et supprimer les intermédiaires entre vous et le public?

Eh bien, mon cher Carrier, cela est audacieux, mais moins qu'il ne semble, car cela est sage, et vous avez mille fois raison. Je ne doute pas, pour ma part, que la clientèle éclairée qui s'occupe d'objets d'art approuve votre façon d'agir et vous encourage. Allez, et bonne chance. Je souhaite vivement le triomphe du système nouveau que vous préconisez avec tant de courage persévérant.

Je vous ai entendu souvent exposer cette théorie, et elle m'a toujours paru judicieuse : vous voulez l'affranchissement de l'artiste. C'est beaucoup moins une affaire que vous réalisez qu'un but que vous poursuivez ; et je vous comprends et je vous admire, parce que ce but est honorable et beau.

A quoi sert-il, en effet, qu'un artiste ait accumulé (comme vous l'avez fait) tant d'efforts heureux et tant de travail apprécié, qu'il ait laborieusement édifié sa renommée, qu'il se soit patiemment et vaillamment créé à coups de belles œuvres une réputation et un nom, si tout ce travail et toute cette gloire doivent le laisser aux mains et aux caprices des intermédiaires ?

C'est pourtant bien le moins qu'après tant de peines et tant d'efforts un artiste ait acquis le droit d'être et de vivre, et puisse, affranchi de l'onéreuse tutelle des marchands, présenter efficacement ses œuvres aux acquéreurs.

C'est là ce que vous voulez, et c'est le but que vous poursuivez.

Pour l'atteindre, que faut-il? Deux choses : une réputation faite, d'abord, et une sorte d'éducation du public à ces nouvelles façons d'agir. Vous avez, Dieu merci, résolu la première partie du problème, et je ne doute pas que vous résolviez aussi la seconde, en persistant dans la tâche que vous avez entreprise.

Vous savez, mon ami, et vous avez le droit d'en parler avec orgueil, la part que vous avez prise depuis trente ans dans le mouvement artistique français.

Je ne voudrais pas vous parler de vous-même, craignant un double écueil : l'ennui d'un lieu commun, ou l'écœurement de quelque grosse louange dont votre modestie s'accommoderait mal; mais laissez-moi cependant vous féliciter et vous complimenter.

C'est si rare un homme heureux! Et vous le devez être, car tous vos amis sont fiers de vous.

Soyez-le donc vous-même, vous l'avez si bien et si vaillamment gagné!

Ah! vous avez pu réaliser le beau rêve, et n'être pas désarçonné par la chimère que tout jeune vous avez enfourchée. Vous avez atteint le but, et vous voilà, plein de force et dans tout l'épanouissement de votre talent, en pleine possession de votre art. Que peut-on vous souhaiter de plus, maintenant, à vous qui avez tout, la renommée, la faveur du public, la médaille d'honneur qui consacre les artistes, et le ruban rouge qui les récompense?

Votre nom est partout, l'Europe entière le sait, et ce qui est plus rare, puisque vous êtes Français, personne en France ne l'ignore.

Dans le bronze, vos compositions n'ont-elles pas envahi tous les salons du monde entier?

Dans la poterie, n'avez-vous pas été l'un des premiers et des plus actifs instruments de la fortune de Minton, l'éminent potier anglais? Les modèles de ce fabricant célèbre sont français, et vous en êtes l'auteur.

Dans le marbre, vous avez glorieusement gravé votre nom sur le socle de dix chefs-d'œuvre : l'adorable Vierge, par exemple, qui vous a valu la médaille d'honneur et qui se trouve dans une chapelle de saint Vincent de Paul; et l'Hébé endormie du Luxembourg; et la Bacchante des Tuileries; et le fronton de la Banque; et le superbe plafond que le public ne connaît pas encore, et qui va apparaître, radieux et foudroyant comme la révélation d'un art nouveau... le jour où seront ouvertes les portes de la galerie du bord de l'eau au Louvre; et le monument de Masséna à Nice; et les deux candélabres qu'on va placer dans l'escalier du nouvel Opéra. Et dix autres belles et grandes choses, que j'oublie ou que j'omets.

Oui, vous avez bien travaillé, et vous avez dignement gagné votre gloire! Allez donc droit au public, maintenant; n'hésitez pas, et vous serez compris et approuvé.

Le succès des ventes que vous avez déjà faites ne vous garantit-il pas celles qui viendront? et quelque chose ne vous crie-t-il pas, au fond de votre âme et de votre conscience, que l'heure est venue de récolter enfin et de travailler pour vous et pour les vôtres?

Allez hardiment et dites au public : « Voilà qui je suis, voilà ce que j'ai fait, et voilà ce que j'offre ! »

Et il vous comprendra et, voyant votre nom, ne demandera pas d'autre garantie.

Je ne doute pas de votre réussite, mon cher ami, et je vous en complimente d'avance; bien sincèrement et bien affectueusement.

GEORGES MAILLARD.

DÉSIGNATION

MARBRES

GROUPES

1. — Les Deux Amours.
Hauteur : 0^m,80.

2. — La Confidence.
Hauteur : 0^m,80.

3. — L'Enlèvement.
Hauteur : 0^m,85.

4. — Le Baiser d'amour.
Hauteur : 0^m,60.

5. — L'Innocence persécutée.
Hauteur : 0^m,50.

6. — L'Amour désarmé.
Hauteur : 0^m,76.

7. — La Tempérance.
Hauteur : 0^m,80

MARBRES

STATUETTES

8. — Bonne Saison.

Hauteur : $0^m,65$.

9. — Angélique.

Hauteur : $0^m,75$.

10. — Psyché.

Hauteur : $0^m,65$.

11. — Deux Enfants-supports.

Hauteur : $0^m,50$.

12. — Marie-Antoinette.

Hauteur : $0^m,80$.

13. — Ondine.

Hauteur : $1^m,00$.

14. — La Toilette.

Hauteur : $1^m,00$.

15. — La Nuit.

Hauteur : $1^m,00$.

16. — La Dédaigneuse.

Hauteur : $1^m,00$.

17. — L'Amazone.

Hauteur : $1^m,00$.

MARBRES

BUSTES

18. — La Soucieuse.

Hauteur : 0^m,75.

19. — L'Éveillée.

Hauteur : 0^m,75.

20. — Printemps.

Hauteur : 0^m,60.

21. — Automne.

Hauteur : 0^m,60.

22. — Rose de mai.

Hauteur : 0^m,80.

23. — Margaretta.

Hauteur : 0^m,80.

24. — Le Lys.

Hauteur : 0^m,50.

25. — Souvenirs.

Hauteur : 0^m,50.

26. — Regrets.

Hauteur : 0^m,50.

27. — Michel-Ange.

Hauteur : 0^m,70.

28. — Raphaël.

Hauteur : 0,70.

29. — Rembrandt.

Hauteur : 0^m,60.

30. — Albert Dürer.

Hauteur : 0^m,60.

TERRES CUITES

GROUPES

31. — Les Deux Amours.

32. — L'Amour désarmé.

33. — La Confidence.

34. — La Tempérance.

35. — L'Innocence persécutée.

36. — Le Baiser d'amour.

37. — L'Enlèvement.

38. — Offrande à Bacchus.

39. — Bacchante au terme.

40. — Bacchanale.

41. — Danseurs italiens.

42. — Tritons et bacchante.

43. — L'Enlèvement.

STATUETTES

44. — La Toilette.

45. — L'Amazone.

46. — L'Angélique.

47. — La Nourrice italienne.

48. — Le Pasteur italien.

49. — Hygia.

50. — La Bonne saison.

51. — Le Nid.

52. — Deux Enfants-supports.

BUSTES

(ORIGINAUX)

53. — L'Amitié.

54. — La Promise.

55. — Fleur des champs.

56. — Pivoine.

57. — Châtelaine.

58. — Fleur de lys.

59. — L'Éveillée.

60. — Le Lierre.

61. — Fleur de mai.

62. — Rose pompon.

63. — Lilas blanc.

64. — Belle-de-Nuit.

65. — Paquita.

66. — Gretchen.

67. — Bouton d'or.

68. — Blondinette.

69. — Les Roseaux.

70. — Bella-Rosa.

71. — Marguerite des champs.

72. — L'Été.

73. — L'Espiègle.

74. — Bon Baby.

75. — N'oubliez pas.

76. — Candeur.

77. — Le Voile.

78. — Printemps.

79. — Bacchante.

BUSTES DIVERS

80. — Rembrandt.

81. — Albert Dürer.

82. — Michel-Ange.

83. — Raphaël.

84. — Dante.

85. — Virgile.

86. — Souvenirs.

87. — Regrets.

88. — Lys.

89. — Grecque.

90. — Rubens.

91. — Murillo.

92. — Velasquez.

93. — Van Ostade.

94. — Marie-Antoinette.

95. — Mme de Lamballe.

PARIS. — J. CLAYE, IMPRIMEUR, 7, RUE SAINT-BENOIT. — [1005]

www.ingramcontent.com/pod-product-compliance
Lightning Source LLC
LaVergne TN
LVHW011510170726
843501LV00009B/3709